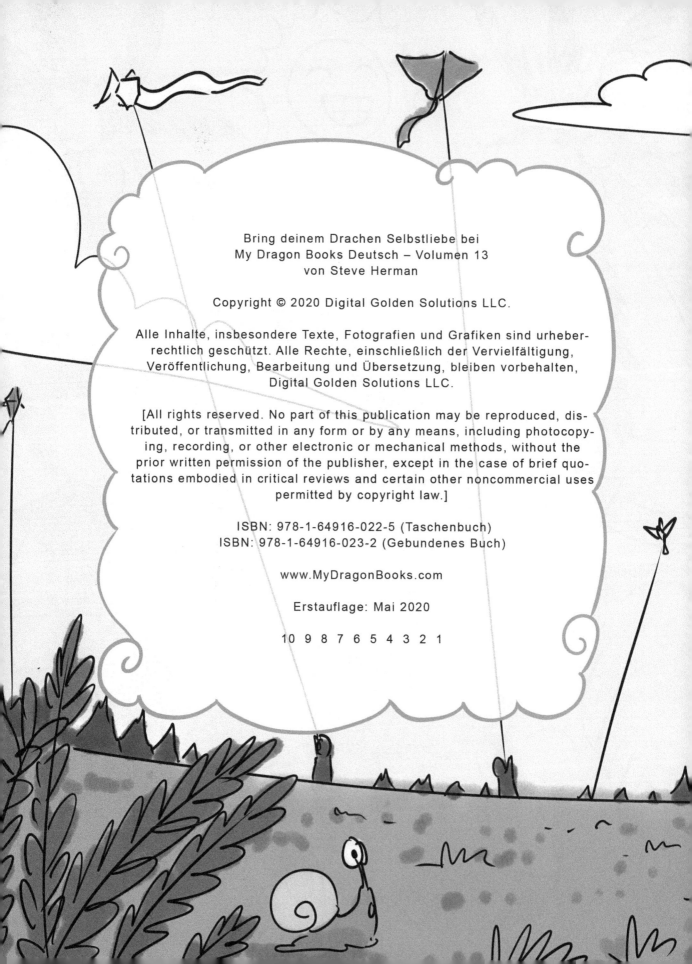

Bring deinem Drachen Selbstliebe bei
My Dragon Books Deutsch – Volumen 13
von Steve Herman

Copyright © 2020 Digital Golden Solutions LLC.

ISBN: 978-1-64916-022-5 (Taschenbuch)
ISBN: 978-1-64916-023-2 (Gebundenes Buch)

www.MyDragonBooks.com

Erstauflage: Mai 2020

10 9 8 7 6 5 4 3 2 1

Hi, darf ich mich hier vorstellen?
Mein Name, der ist Drew.
Und das hier ist mein guter Freund,
mein Drache Diggory Doo.

Nicht viele können behaupten,
selbst Drachenhalter zu sein.
Dabei ist ein Drache super,
mit ihm als Freund ist man nie allein.

Ein Drache ist ein toller Freund,
und ein treues Haustier.

Mit ihm an meiner Seite,
fühl ich mich sicher, das sag ich dir!

Obwohl Diggory mich wirklich liebhat
ich muss das gar nicht laut sagen,

muss mein Drache auch noch lernen, sich selber lieb zu haben.

Diggory hat ein großes Herz
und auch wenn er sich groß und stark benimmt,

kann ich doch immer sofort sehen, wenn etwas mal nicht stimmt.

„Meine Schnauze ist viel zu lang," klagte er,
als wollte sein Herz zerbrechen.
„Was, wenn meine Freunde,
hinter meinem Rücken darüber sprechen?"

„Ach Diggory," beruhigte ich ihn, „Deine Schnauze ist toll, weißt du! Und ich denke, deine Freunde stimmen mir da sicher zu!"

Bald schon war er wieder traurig,
„Was hast du jetzt?" fragte ich ganz originell.
„In der Schule gab es einen Wettlauf,
aber ich war gar nicht schnell."

„Obwohl ich mein Bestes gab,
war es ein andere der gewann."

„Warum ist es denn so wichtig,"
fragte ich, „wie schnell man rennen kann?"

„Du kennst das nicht," sagte er zu mir,
„ich verstehe das es keiner kennt,
wie es sich anfühlt ein Drache zu sein,
ohne jede Begabung oder jedese Talent!"

„Oh Diggory," rief ich aus, „warum du traurig bist kann ich nicht versteh'n. Wenn du doch das tollste Haustier bist, das es gibt, kannst du das nicht sehen?"

„Schau in den Spiegel und sag mir dann was du dort siehst," rief ich.

„Sei nicht albern," maulte Diggory, „Was ich sehe ist nur mich."

Ich riet meinem Drachen, „guck nochmal,
schau mit dem Herzen, gib Acht,
dann siehst du sicher alles,
was dich einzigartig macht."

„Aber Diggory Doo, du bist auch besonders,
und vergiss das bitte nicht.
Denn wo auch immer du suchen magst,
es gibt niemanden genauso wie dich!"

„Also liebe das Leben, das du hast,
sei der, der dir bestimmt ist zu sein."

„Diggory, heb dein Kinn jetzt an,
wisch dir die Tränen aus dem Gesicht.
Du musst dich ja nicht schämen,
einen Grund dafür gibt es nicht."

„Wenn du wirklich der Beste sein willst,
sei dein bestes Selbst, nicht irgendwer."

Diggory dachte einen Moment lang nach, und rief, „Ich glaub ich versteh's! Jedes Leben ist was Besonderes, das stimmt sogar für mein eigenes!"

Jeder von uns ist anders,
doch wir alle haben Liebe zu geben.
Also zeig diese Liebe den anderen,
und liebe dein eigenes Leben!

Lightning Source UK Ltd.
Milton Keynes UK
UKHW050825040820
367628UK00003B/108